A Rodrigo y a Martín,
primos fantásticos

Título original en portugués: *Os Animais Fantásticos*

Colección libros para soñar®

Rúa de Pastor Díaz, n.º 1, 4.º B - 36001 Pontevedra
Tel.: 986 860 276
editora@kalandraka.com
www.kalandraka.com

Impreso en Rodona, Pamplona
Primera edición: febrero, 2007
Tercera edición: julio, 2024
ISBN: 978-84-1343-322-6
DL: PO 250-2024

José Jorge Letria | André Letria

Animales fantásticos

Traducción y adaptación de Xosé Ballesteros

Kalandraka

El Ave Fénix

Cubierto de plumas doradas,
mi cuerpo volador se eleva
en el aire, lentamente,
después de renacer del silencio
que hay en las cenizas,
de la tristeza que hay en el fuego,
del olvido que hay en los siglos.
Si alguien se aproxima,
bostezo y digo:

«Vivo en la casa de los mitos,
en sus corredores sombríos,
guardando misterios
que no revelaré nunca.
Nadie sabe si existo o no.
Mi destino es volar
hasta el templo del Sol,
allá, en las lejanas
tierras de Egipto.
Tengo prisa por llegar.
¡Volad conmigo, volad
hasta donde os conduzcan
vuestros sueños!»

El Basilisco

Yo soy la extraña mezcla
de un gallo y una serpiente
que es capaz de transformar
a un sapo pequeño
en un valiente animal.
Yo soy todo y nada soy,
y hay noches que me envuelven
diez haces de luz
nacidos de la luna llena.
Realmente no sé lo que he sido
y lo que llegaré a ser,
pero cada vez estoy más lejos
de un mundo que no he inventado.
Abro un libro muy antiguo
que describe mi mirar,
y en él se dice que nadie
se puede fijar en mis ojos.

Hay grabados que me muestran
en un febril movimiento,
haciendo maniobras envolventes
de auténtico hechicero.
Soy ave y soy serpiente,
con patas y espolones de gallo.
Parezco tan inofensivo e inmóvil
que algunos se preguntan si estaré vivo.
Habito en una casa de niebla
al otro lado del mundo;
si le queréis dar un nombre,
llamadla Mitología.

El Bucéfalo

De todos los animales fantásticos,
soy, con mucho, el más real;
pues he sido caballo de combate
con la marca del imperio.
Fui montura de Alejandro,
antiguo señor del mundo,
y pese a las tinieblas y el sufrimiento
cabalgué sin detenerme.
He muerto viejo y cansado,
con la memoria repleta
de victorias y galopes,
de peripecias sin fin.

Y, pese a no ser divino
ni animal sagrado,
al menos fui valiente
en un tiempo de batallas.
En el imperio de Alejandro
gocé de honores y fama
y tan solo me faltó disponer
de un lugar en su mesa.
Por eso, al morir,
fue erigida en mi honor
una alta escultura, y el emperador
le dio mi nombre a una ciudad.

El Cancerbero

Según dicen los mitos
que llegan de la antigua Grecia,
no soy un perro cualquiera
que se acobarde en la pelea.
Me dieron tres cabezas
para nunca ser vencido
en la misión que me encomendaron:
vigilar toda la vida
a las puertas del infierno.
Quien tuviese la intención
de hacer ese viaje,
antes de ver a Caronte,
debería enfrentarse conmigo.
¿Qué más os puedo decir?
El mundo al que pertenezco
es de sombras, no de luz,
estrecho y limitado.
En este libro hay un pequeño lugar
para mí y para mi soledad.

El Centauro

Estoy cansado de que quieran
dividirme en dos mitades.
Quien es hombre y también caballo
no puede pensar por partes.
Entre relinchos y gritos,
no abandono la aventura,
porque he aprendido de los dioses
el secreto de los valientes.
Con el nombre de Quirón
vivo en el país de los mitos,
y cabalgo por los sueños
de los que sueñan fantasías.
Si os hablan de centauros malvados,
no hagáis caso,
porque los verdaderos centauros
somos nobles y habitamos
en un mundo imaginario.

He hecho grandes travesías
por milenios y por mares
y he dormitado a bordo
del silencio de los navíos.
Quien en mí ve al caballo
olvida al hombre que nunca respeta
las leyes de la naturaleza.
Veloz como un relámpago,
galoparé siempre sobre el polvo
de las mil estrellas
que hay en las rutas de la Luna.

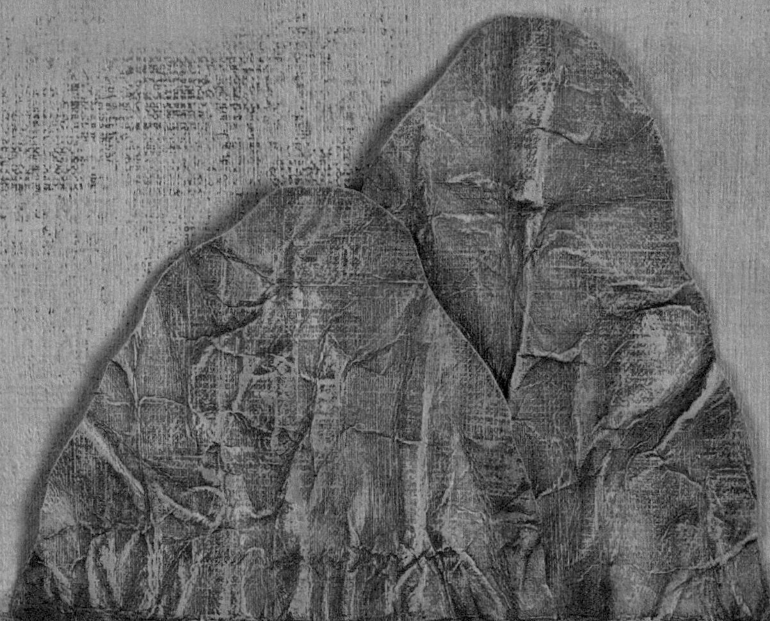

El Cíclope

Vengo de un lugar incierto, de lo más profundo
de lo profundo de los tiempos,
guiado por la luna llena
y por el aullido cortante del viento.
De mí hablan las páginas de la *Odisea.*
Y dicen que soy uno
de los tres hijos de Urano,
señor de gran poder
que donó a sus descendientes
una fuerza colosal.

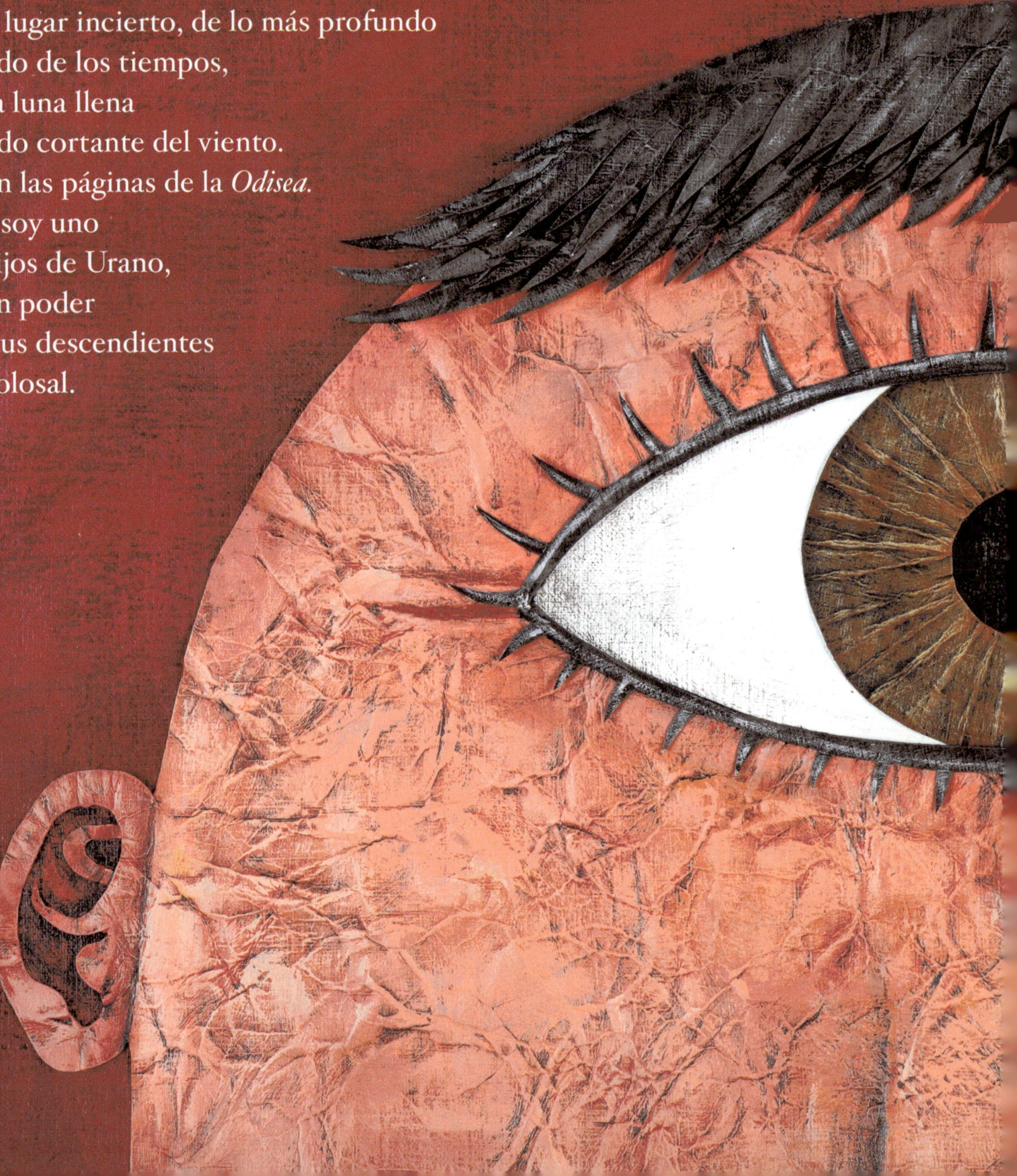

Podéis llamarme Polifemo,
el que aparece en un mosaico romano
recibiendo de Ulises una vasija
con el oscuro y mágico vino de Tracia.
De mí pueden decir todo,
verdades e incluso tonterías,
pero, entre todas las mentiras,
hay una cosa cierta: he nacido robusto
y con un ojo en medio de la cabeza.
Dicen los poetas antiguos
que mis hermanos y yo
construimos las murallas de Micenas
solo con la fuerza de nuestros cuerpos.

El Dragón

Por la boca arrojo llamas,
y también por las narices .
Soy el dragón de las fábulas,
el que no hace mal a nadie.
He luchado contra guerreros
con armaduras de viento
y he asaltado castillos,
pero solo en los sueños.
He raptado princesas,
hijas de reyes tiranos,
pero... ¡hace tanto, tanto tiempo!

Los chinos me veneran.
Para ellos no soy maldito,
ni siquiera una amenaza:
me rinden honores con sus cantos
y organizan fiestas para agradarme.
Soy pájaro y soy serpiente,
soy un dragón volador.
He resistido los hechizos
de duendes, hadas y brujas
y tengo un lugar propio
en las historias encantadas.

La Esfinge

Vivo escondida
para preguntar a quien pasa
si el mañana que nos espera
será de desgracia o de fortuna.
Mi cuerpo es de leona,
mi cabeza, de faraona;
mi hogar se yergue
sobre una nube
de arena y polvo.

Soy la esfinge de Egipto,
la de Akhenaton y Ramsés.
El tiempo ha pasado sobre mí
y sobre un mundo que parecía eterno.
Quizá, algún día cuente todo lo que sé.
Mientras tanto, seguiré dormida
sobre mi cama de arena,
acariciada por la luz de la luna
en un desierto de noches.

El Fauno

Yo tengo dos mitades,
una de hombre y otra de macho cabrío,
lo que, bien visto, es una mezcla absurda.
En los bosques en que vivo,
persigo a las muchachas
que vienen a recoger moras
cantando viejas canciones.
También me llaman sátiro,
un ser astuto y veloz.
Pero nadie conoce
mi verdadero secreto.
¿Cómo me habré convertido
en lo que soy?
¿Se unirían mis dos mitades
en un sueño que yo no soñé?
En las pinturas más antiguas,
en los cuentos y leyendas,
doy miedo y fascino:
soy una extraña criatura.

Han dicho que,
de los muchos poderes
que poseo, el de la seducción
es el más peligroso
porque hace perder los sentidos.
Pero el único lugar
donde ejerzo mis poderes
es en las páginas fantásticas
de vuestra imaginación.

El Grifo

Viajo hasta la memoria de los tiempos
y me veo retratado
con cabeza de águila
y cuerpo musculoso.
El cuerpo es el de un león
y, en el dorso, tengo alas
que me permiten volar
sobre los campos y las casas.
En mis cuatro patas
tengo garras afiladas
para rasgar los paños
de las noches más negras.
Vengo de la Antigüedad
y he asustado a mucha gente
con mi estilo felino:
a soldados y a hechiceros
los dejé blancos de miedo.
Mi cabeza de águila
me convierte en un ser tan sagaz
que mi cuerpo de león es,
simplemente, peso muerto.
Soy el Grifo mitológico
de los sueños y los cuentos,
a quien los más antiguos
iban a hacer ofrendas.

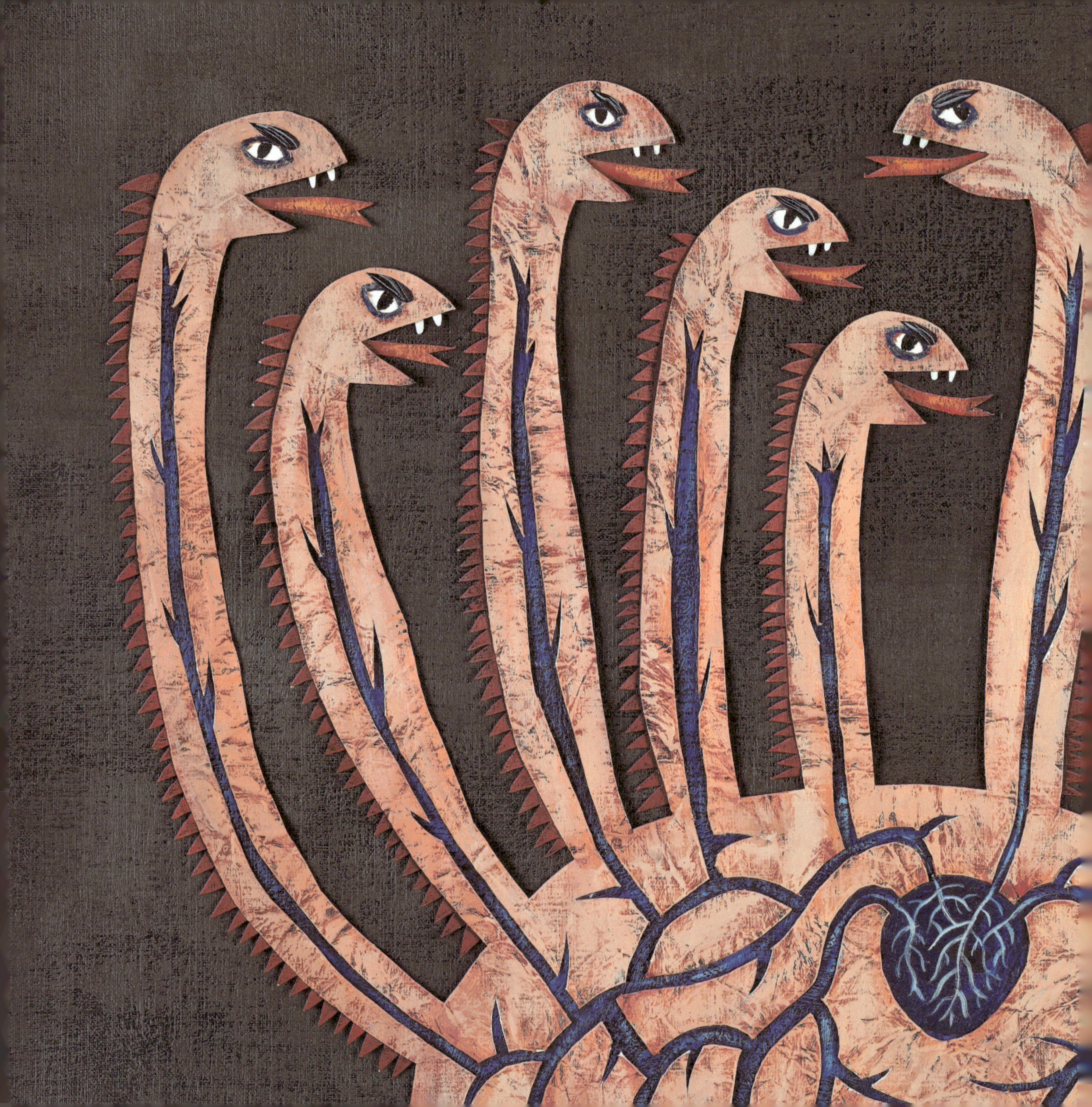

La Hidra

Tuve tantas cabezas
que no sabía cuál escoger
para que decidiese sobre mis actos.
Os habla la hidra de Lerna,
bicho de nueve cabezas al que Hércules,
entre caminos y travesías,
buscó para matar.
Yo vivía en el fondo de un pozo,
y hasta allí llegó el héroe
mientras la sequía asolaba la tierra
y la transformaba en desierto.
Comenzó la batalla,
y por cada cabeza que Hércules
me cortaba había otra que nacía,
altiva y feroz, para enfrentarse
al colosal enemigo.
De mis nueve cabezas,
la de en medio era inmortal,
pero aquel semidiós me dio
el golpe de gracia.
Ahora, ya no puedo decir nada.

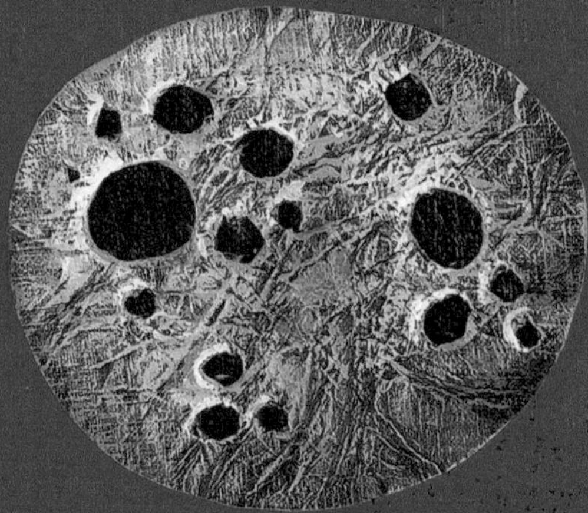

El Hombre-lobo

Se dice que me han visto
en los más variados lugares:
en los bosques, en los caminos,
en las aldeas... siempre medio lobo,
siempre medio hombre.
Sufro de ambos, por igual,
las pasiones que me atormentan.
Dicen las antiguas leyendas
que tengo las cejas unidas
por una gruesa mata de pelo,
hirsuta, resistente y cortante
como mi propio cabello.
También dicen que mi cuerpo
tiene una gran fuerza,
que mata y descoyunta
de forma imprevista y extraña.

Y que aquellos que me temen
harán bien en refugiarse
si la noche del jueves
coincide con luna llena.
Realmente, ni siquiera yo sé si existo,
pero, cuando me veo en un espejo,
doy media vuelta y huyo.
Si pudiese escoger,
sería otra cosa y no lo que soy.
Pero debéis creerme:
lo que me mantiene vivo
son los miedos que la humanidad
no cesa de inventar.

El Minotauro

En los mitos de la vieja Grecia,
tuve siempre mi sitio
en el centro de un laberinto,
cerca del mar.
El rey de Creta, llamado Minos,
era mi amo, y gobernaba a los cretenses
con un poder aterrador.
Yo era un toro gigante
y dentro de mi refugio
mataba sin ningún esfuerzo,
fuese quien fuese el enemigo.
Todo el mundo me temía
a causa de la fuerza que guardaba
en mi laberinto enorme,
entre los olivos y las viñas.
Hasta que llegó de Atenas
el joven guerrero Teseo
en un barco de velas negras
sobre las olas del mar.
Siguiendo el hilo que la princesa Ariadna
le entregó, llegó ante mí
y me mató de un golpe certero.
¡Cuánto había aprendido en la guerra!
Yo ya he muerto, pero en el mundo
sigue habiendo laberintos
esperando a Teseo.

El Ogro

Quien pronuncie mi nombre
ha de tener gran valor
para imaginarme.
No hay abrigo seguro
para huir de mí,
ni siquiera en pleno día.
Me han llamado monstruo,
criatura asombrosa,
y se dice que devoro a los niños
bajo la luz de la luna.
Me muestran en los dibujos
de los libros con la mirada
más salvaje que un ser pueda tener,
hasta helar el aliento.
En mi enorme boca
hay un hambre insaciable
que permanece a través de los siglos.
Y hay países, allá en el norte,
donde dicen que yo sólo muero
cuando me clavan flechas en el corazón.
Pero ¡qué engañados están!
Yo no hago mal a nadie,
pues solo soy una feroz y gran mentira.

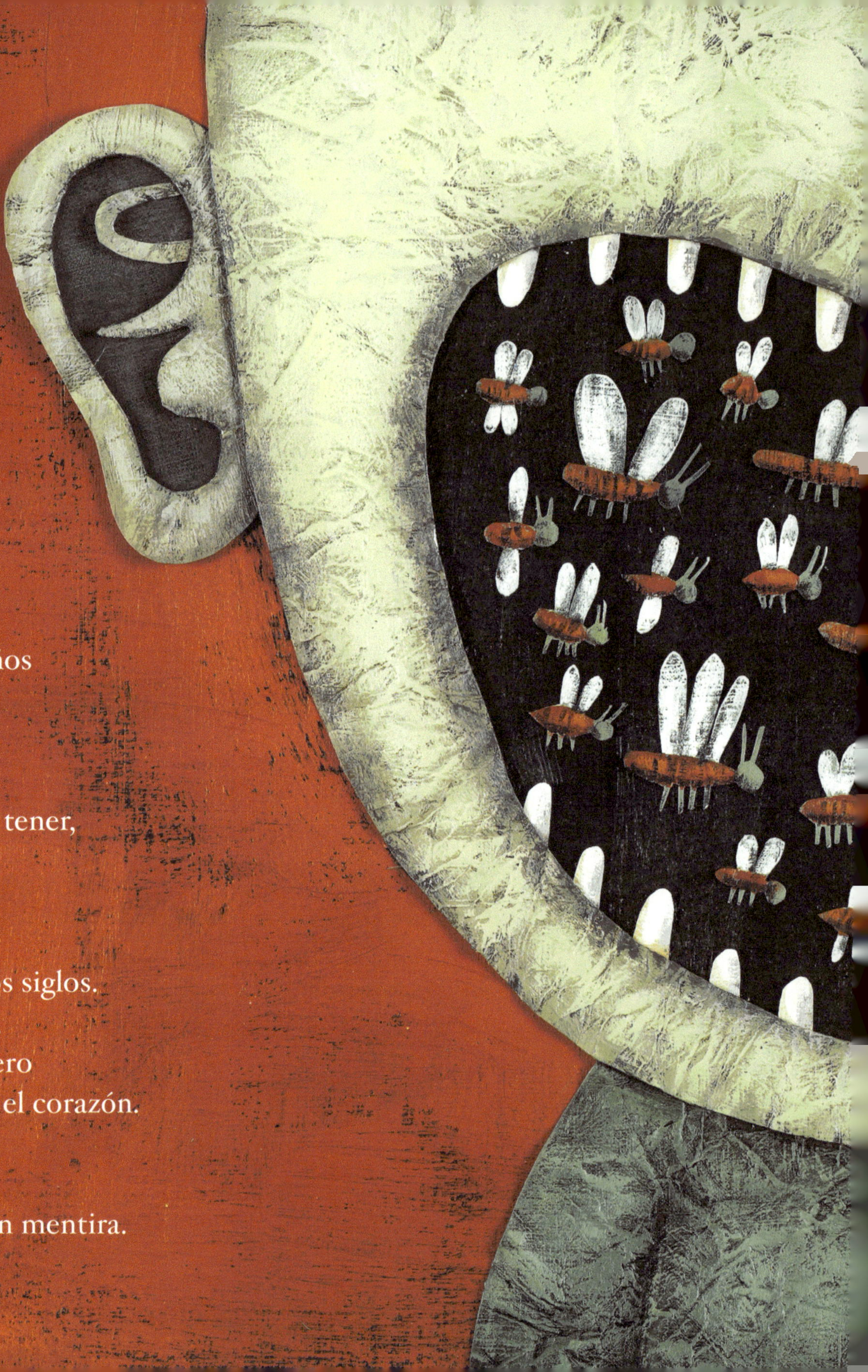

El Pegaso

Atravieso estas páginas
en una veloz cabalgada
y con la prisa que llevo
ni me detengo.
¿Quién me hace ir tan veloz?
Soy caballo y tengo alas,
y todo el cielo para recorrer.
Hesíodo, el primer historiador,
me otorgó un lugar principal
en la mitología.
Cuenta él en su obra
que me fue dada la misión
de llevar sobre mi lomo
el relámpago y el trueno.
Solo por eso tengo alas,
para cruzar los cielos
cumpliendo la voluntad
de un dios llamado Zeus.

Otros dirán que nací
por la voluntad de una diosa.
Habrá quien diga que nací
de la cabeza de Medusa.
Creedlo, si queréis, porque
son historias muy antiguas.
Tanto me da: a galope,
sobre las nubes,
sigo volando sin descanso.

La Salamandra

He sido título de libros
y de historias inventadas;
he habitado en las pesadillas
que agitan las noches de insomnio.
Un escultor italiano
cuenta en sus memorias que yo,
pareciendo vulgar,
soy un símbolo de magia.
Y, en aquella narración,
mi poder era tan grande
que ni siquiera me quemaba
en el más fuerte fuego de la hoguera.
El gran médico Paracelso,
señor de gran sabiduría,
también ha escrito sobre mí
a partir de su experiencia.
Relata en sus tratados que,
aunque parezco tan simple,
soy el espíritu del fuego.
Tengo el dorso salpicado
de manchas amarillas y asusto a los niños
que me ven desde las ventanas.
Soy hermana de los lagartos
y pariente de otros reptiles, pero,
aunque parezco inofensiva,
nos os confundáis; podríais estar equivocados.

La Serpiente Marina

Me imaginaron capaz
de envolver un velero
con mis seiscientos pies
en el centro de la niebla.
Me han descrito como temible,
gran señora de los mares,
mucho mayor que las ballenas
y que todos los animales de la tierra.
Durante el Renacimiento
me pintaron terrorífica,
irrumpiendo en las olas
y ocultando los rayos de la aurora.
Han dicho los marineros
que yo me parecía
a una serpiente gigantesca.
Estoy viva en lienzos, en grabados,
en las visiones de los adivinos,
en las historias de naufragios
contadas por las tabernas.
Pero no me debéis preguntar
si existo realmente, porque deseo
respetar la sombra del misterio.

La Sirena

¿No me oís cantar?
Traigo en la voz el perfume
que hay en las olas del mar
en forma de dulce melodía.
Soy mitad mujer, y pez la otra mitad.
Por eso hay quien me llama ilusión
y quien me dice hija de dioses.
Conozco a los más antiguos señores
de las profundidades,
los que dan nombre a mis dos partes.
Colón, en su diario de a bordo,
escribe que nos vio saltando
sobre el manto de las olas,
como peces brillantes.

Dicen los cronistas,
y también los marineros,
que los he atraído con engaño
a los naufragios y horrores.
Y también dicen que mi canto
posee un hechizo que hipnotiza:
el cielo está alrededor
y el infierno espera en el centro.
En este banco de coral
en el que el sol me acaricia,
¿quién se atreve a creer
que yo soy una sirena?

El Unicornio

Soy caballo y doy buen uso
a un instrumento de magia:
un cuerno del que se habla
en los libros de mitología.
Se dice que, aunque sea
de pequeño tamaño,
tiene el poder de proteger
al hombre contra el peor veneno.
Francisco I de Francia
recibió como regalo
del papa Clemente
un trocito de mi cuerno.
Los entendidos dieron al polvo
que se extrajo de mi cornamenta
el nombre de Bezoar.

Hasta el mismo sabio Avicena
dejó escrito en un tratado
que esa sustancia curaba
todos los males.
Y me han contado
que, en la Córdoba de los árabes,
alguien cambió un castillo
por unos gramos de Bezoar.
Soy caballo, y es en la espesa floresta
donde me gusta vivir, entre pétalos
y cantos, bajo la luz de las estrellas.